花ひらきゆく季

hana hirakiyuku toki

石本隆一　歌集

短歌研究社

目次

花ひらきゆく季

装幀　猪瀬悦見

花ひらきゆく季

音なき仕草

雪ひらの稜と稜との絡みあい乗せつつ太る野の雪達磨

積雪の上に雪片《ゆきひら》置きゆける音なき仕草 企《たくら》みに似つ

山は雪ひしひし迫りくる季節去年《こぞ》より重しわが腕萎《かいなな》ゆ

青銅の剣《つるぎ》ともなり雪しずれ朝《あした》の項《うなじ》ふいに打ちたり

火には火をもて灼《や》くべきに鬱屈を重ねしままに終日《ひねもす》こもる

桐一葉

葉ざくらとなれる重さを振り翳《かざ》し一木《ぼく》たてり季《とき》の移りに

花筏《はないかだ》雨に気怠《けだる》くあり経《ふ》れば崩るるさまに岸に寄りゆく

浅蜊飯これや小粒の江戸前の裸《はだか》身なるを寧《やす》く食《は》むべし

渋滞の先は祭の大太鼓響《とよ》もす波動わが身に及ぶ

燭台の容《かたち》に桐の花咲けり冤罪あらぬ身に仰ぎゆく

玉将《ぎょく》の彫り盛りの駒打つ音を榧《かや》の盤上響かせし祖父

発病後言語検査の設問に「桐一葉」あり応え尽《いら》くしぬ

蓮《はちす》葉が風に零《こぼ》さぬ露の玉いつか蒐《あつ》まり嫋《たお》やかに光《て》る

とある界隈

囃《はや》すものなきに踊れる影擁《いだ》き咲く花一樹《いちじゅ》道玄坂に

黒塀のままに　中食《ちゅうじき》供しおり円山町もビジネス街区《がいく》

銭湯の入口裾に標《しるべ》あり新詩社跡《あと》と小さき石柱

松濤《しょうとう》の鍋島公園人気《ひとけ》なく青銅の鶴細き水噴く

健常の日の形見とも妻を率《い》て松濤に購《か》いし玉《ぎょく》の墨置

ハチ公は露けき朝を尾を振りて渋谷への坂下りゆきしか

電車来て駅とはなりぬトンネルの途切れたる空仰ぐ神泉《しんせん》

駒場なる実習田《でん》に稗《ひえ》茂りいちはやく種子を白く撒きおり

納骨

菜庖丁押し切りに餅小分けにす義母《はは》がためにも自《おの》がためにも

身を傾《かし》げ手早く資料選り出せるしなやかさ恃《たの》みにもの一つ書く

わが書きし迷子札など財布より出でしと妻持つ義母亡き旬日

長旅にその母の骨《こつ》抱きゆく妻なれ白雨《ゆうだち》の兆しせんなく

高齢の義母《はは》の骨壺重たきは気配の暈《かさ》か振ればかそけし

ささくれに問わるる杳《とお》き孝不孝舌に湿すも余生とぼしも

母の日に妻が炷《た》きつる線香の煙《けむ》ありなしの漂える廊

虹

虹たちてたちまち君のあるごとし虚子のときめき艶《なまめ》かしとも

虹消えてたちまち君のなきごとし虚子の追慕の託さるる空

低気圧せまる気配に曳き出され噴水踊る虹をかざしに

片脚を川のほとりに差しのべて怯《お》じつつ立てる虹にかも似つ

虹色の千羽鶴折り小学生危篤の巡査に心通わす

牡蠣の夢

絡みあう目に表情のあらぬゆえ畳《たたみ》鰯をまずひと炙《あぶ》り

土手鍋にふて寝のさまの牡蠣いくつ被《かず》ける夢もともに食《は》むべし

舞茸の手振りいささか障《さや》りしとのみどの先の直《す》立《ぐ》ちの闇

割箸がよろし湯豆腐こころ留めそろりそろりと口に運べよ

敗衄《はいじく》の姿《なり》にあらずと甲冑《かっちゅう》を剝がされし海老身を引き緊めつ

懐石に皮剝かれたる里芋の庖丁の跡折り目正しく

藁苞《づと》にひたすら紡ぐ納豆のしめり親しも絹糸の艶《てり》

あえかなる水菜のみどり白妙の飯《いい》に適《そぐ》うと神戸生まれは

ザイン（存在）

失せ物もいずれ出《い》でくる三次元いまだ身を置く寧《やす》らぎ空間

へし折るという声受けむ鼻柱いずれも立てて街ゆく人ら

横顔の鼻梁《びりょう》威あらで朝光《かげ》に翳《かざ》す硬貨に彫《え》るよしもなし

横臥《おうが》せば筋ゆるみたる隙《ひま》に風起《た》てや骸骨踊れ骸骨

御柱《おんばしら》とりつく勇者ふり払いその命《いのち》呑み鎮《しず》まりおわす

背くらべ柱構造なき家に著《しる》き跡見ず子は育ちたり

掌《たなごころ》　恵まるるがに薔薇園の椅子の窪みに杖の身萎《ゆだ》ぬ

身に近く鳥来て啼く朝まだき甘やかな死のあるはずなけれ

遣るまいぞ

助手席のベルト締めねば「遣《や》るまいぞ」警鐘鳴らす太郎冠者ここに

待ちくるる車に手をあげ礼《いや》をなす通院途次のわれの役目と

妻に真似《まね》傾く冬陽遮りぬフロントにある手庇《てびさし》機能

クワイ河マーチに釣られ唇窄《くちすぼ》め吹けば鳴りつも頬《ほ》の麻痺忘れ

夕づけるリア・ウインドウ曇りゆく運転の妻と我との息に

祠

川あらば沿いて開けし空ちかみ雲の流れのゆたにゆたけく

禅寺に蘇鉄の大葉逞しく石に置く影微動だにせず

天心の月に射竦められしかば身の置き処なしこの草深野

寒月の水の反映まぶしめる木々の声あり池の周《めぐ》りに

水神の小さき祠《ほこら》団栗の音を転《まろ》ばせひねもす孤《ひと》り

ずんだ餅

岩室《いわむろ》に師走の風を避けて飲む神田明神下の甘酒

曲独楽《きょくごま》の刃渡り逸《はや》るさゆらぎに腰の据《す》え処《ど》をまず確かめつ

大熊手手締《てじ》めに送り出されたる男の行手鎮《しず》む乾反葉

くれたけの根岸の里の「笹の雪」豆腐づくしの極み餡掛《あんかけ》

若松の小枝門扉《もんぴ》に子が結ぶのみにわが家の年用意済む

山号を焼印にせる守り札受けしはいつの初詣でにや

輪飾りの稲穂啄《ついば》み飛びゆける脹《ふく》雀の曳く暖気流

枝豆を磨りし衣に塗《まぶ》したるずんだ餅こよなく好みたる父

女学校時代の母の日本地図まだ桜島陸続きせず

初の雪得たる盆梅節々《ふしぶし》に紅《べに》の雫をはや膨らます

門灯に盆梅の実の繊和毛《ほそにこげ》かそけく光る雷去りし夜半

春の臥所

籠松明抱《いだ》きし僧のひた走り声明に火花闇をふかくす

はじけ飛ぶ火の粉昇《か》きゆくお水取り息災すでに由縁《ゆかり》あらなく

窓近く春荒《あれ》の躁集めいし一樹の繁り庭師来て剪《き》る

軟骨の膝に鳴る音ここちよき今朝の雀の枝移り捷《と》し

蜆蝶垣の根方を弾みゆく声もたぬ身のひたむきのさま

ヒヤシンス瓶に詰まれる根の絡み端の節榑《ふしくれ》気泡を放つ

遠太鼓胸の奥処《か》ゆ込みあぐるものありとしも春の臥所《ふしど》に

波

偕楽園裾の千波湖《せんばこ》梅の花筏なしつつ運ぶ甘き香

波切りの平たき小石を競いたる渚消え去り空港点《とも》る

紙相撲

雛あられ吹くに転《まろ》べるはかなき世内裏雛《だいりびな》失せしをあに歎かざれ

紙相撲組ませて叩く天井に水陽炎《みずかげろう》の波紋たゆとう

玉椿小兵《こひょう》なれども江戸の華モンゴル力士薙ぎ倒すべし

たいせつな面子《めんこ》に双葉山はるかモンゴルだらけの大相撲いま

照国《てるくに》の名を読み当てて褒《ほ》められつ学齢前の駄菓子屋のなか

銀座往迹

早朝の銀座通りは露けくし水羊羹の切り口に似る

旋風《つむじ》ビルとビルとビルとが打ち返し花の屋台を走らせるなり

横ざまに恋人たちが空に浮くリトグラフ映す画廊の出窓

丸善の洋書売場の噎《む》せばしと金箔押しの背文字見めぐる

幅狭き田屋の店先ネクタイの締めかた図解持ちゆくがおり

伊東屋に求めし強力ペンライト逐《お》うべき闇の多きに備う

しゃぶしゃぶの食べ初めなるニュー・トーキョー移動階段に運ばれゆきぬ

傾《かたぶ》ける日差し和光の外壁に屈《かが》み人待つ影を濃くせり

地図記号

目眩《めくる》めくばかりに子欲しと詠いける師の念《おも》い甦《かえ》る少子化の世に

家形のなかに杖描《か》く地図記号もろ人恃《たの》む老人ホーム

篁

風今日も先に来ている竹林《ちくりん》のベンチに冷ます胸うちの汗

打ち鳴らす竹百幹《ひゃっかん》のすき間なく両肩すぼめ風すり抜けつ

古民家の土間に漂う風の裾竹の響動《とよみ》をはつか残せり

月のひかり風の飛沫《しぶき》と射し込むを雀のお宿公園という

文字盤に竹の戦《そよ》ぎを映しおる時計柱あり終夜を点《とも》す

七夕

草の葉の夜露をあつめ墨液となしたる文字の艶《てり》かざし見つ

短冊を吊ると紙縒《こよ》りをこころみぬ直立《すぐ》ちひとつ父偲ばしむ

厚ら硯拇指《ぼし》に洗えば憶い出ず王府井《ワンフーチン》に購いし兜太氏

七夕の細き真竹《まだけ》の切株を鋭く山に残し来し夢

子が通いしサレジオ教会幼稚園星祀《まつ》る夜を点《とも》すことなき

神戸まで寝台特急銀河《ぎんが》号その棚に覚め逸《はや》る彦星

街川《がいせん》に七夕飾り流れゆき朝日に滲む祈《ね》ぎごとの文字

下町逍遙

地下出でし雀色なる　熱《ほとぼり》　は昭和下町羽目板の家

瀬戸物の湯湯婆《たんぽ》に棚撓《しな》うかと見し茶碗屋は緋目高も売る

下町の箱崎あたり水天宮《すいてんぐう》小伝馬町と吉凶糾《あざな》う

蔵の町小江戸川越むし暑くウダツを通る風さえもなし

蔵の扉《と》は横ざまに押す車輪つき遠雷《いかずち》のとよみとも聴く

竹藪を被《かず》ける土蔵壁白く変化《へんげ》の画集収めおらずや

野末なる土饅頭《どまんじゅう》厚く草生《む》せば手向けられたり黄なる粒花

モノレールの越えゆく下の船溜《ふなだま》り海老取川という江戸の川

橋

綾取りの橋のかたちに架かりおり深川木場の古き鉄橋《てつばし》

駒形橋近きどぜう屋誘い合い行きつも上司に謗《そし》られし友と

水郷の近くを渡す高架駅十二橋《じゅうにきょう》とう初夏の風吹く

日韓の架け橋映画初《はつ》の日に天皇皇后出でますニュース

橋づくし宿題にせし子を連れて隅田巡りの船に潜《くぐ》りき

川開き妻と行きたる橋のうえ人と揉み合う渦に巻かるる

太鼓橋その曲線もいつしらに往き来自在のわが身と車

生《なま》八ツ橋嚙むに香のたつ優しさよかの潔《いさぎよ》き音はなけれど

郵便物受けとると廊下みゆく姿見にありわが橋掛《はしがか》り

地下いでて橋にかかれる地下鉄の瑞《みず》の膚《はだえ》に海の風吹く

巨いなるもの来て去りし跡ならむ油膜の厚く光る岸壁

モアイ像

終《つい》の日に遑《いとま》ありつと月毎に妻が受けくる大き薬袋《やくたい》

陽の射さぬ前に窓開け招く風青葉のそよぎ伴い過ぐる

上半身まずイメージし頭《ず》と両手《もろ》差し入れ今朝もランニング着つ

遺言の書き方などとクイズあり朝よりテレビ誰《た》がためにある

視野欠けは齣落《こまおと》しかも傍《かたわら》に佇《た》ちたる妻の挙措ある現《うつつ》

顎を引き背筋立てたるモアイ像訪問介護士待つ午《ひる》さがり

探しもの名人と妻言いくるる記憶と推理頼りの杖の身

リハビリののち麻痺の膝よく動く鴨と浮きつつ水掻きゆかな

潮騒

魚《うお》逃ぐる洞に手ふかく差し伸べし日のありしかな砂嘴《さし》たずねつつ

単線に軒をくぐらせ岬町ひとかたまりに人は生きゆく

海近き暁《あけ》の目覚めは窓の下グランドのあり球を呼ぶ声

帆船を描ける青の甲板は誰《た》が憧れや揺れを帯びいる

灯台の白きが映ゆる崖《きりぎし》は息衝《づ》くに似つ杳《はる》か望めば

難破船救助の海女《あま》の人膚のぬくもり称え記念碑はあり

内海《うちうみ》を航《ゆ》く船ながら初夏ながら迅《と》く去り果てつ清《すが》しきかなや

切れ長に青く光れる星ひとつ空に置きつつ聴ける潮騒《しおさい》

筑西市域

穂に出でし銀の芒《すすき》のつづく土手新しき市の涯《はたて》を区切る

筑波なる男女《みな》双《ふた》つ峰重なれる石下《いしげ》の野面吹く芋嵐

桜川 堤《つつみ》のさくら葉の繁く紅葉《もみ》ずる撓《たわ》み川面に映る

後手《うしろで》に麦を踏みゆく一人ともならまし畝の直《すぐ》なる見れば

疎開せし家跡に車駐《とど》むるに教え子と告《の》る婦人寄り来つ

トランクのなかの冬瓜《とうがん》信号のたび控え目に存在示す

鯖雲の高く広がる路ながら射す夕映えに吸われゆくなり

暮色

白妙の布と稜線おおうはや傾《なだ》りの幅を滑る冬霧

人の訃にゆらげるこころ染めている暮色墨堤《ぼくてい》春近き水

光年を超えて

凩に光いや増す天穹に星座組みあぐ銀の槌音

竹梯子踏み外したる流れ星ああと声あげ受け留むるべし

思い立ち巣離れなしし彗星の咽喉《のみど》赤けれまだ名を持たず

天空にマチスの鋏か馬の首暗黒星雲切れ味とどむ

創《はじ》めより傾くままの土星の輪片方《かたえ》に乗りて正すもの出《いで》よ

西低く真綿ぐるみのプレアデス身をば寄せ合いはやも睡た気

全天に裾曳き父を脅かせし彗星来たる軌道のまにま

三日月に今し金星蝕《むしば》まれゆくが鎮守の森の上なり

月面の火口壁より伸びし影展《ひろ》がる虚空支うるものあれ

氷壁の突如崩落《ほうらく》しゆく地球《テラ》驕るイカロス地にまっしぐら

重力を解かれしあした海洋も陸も飛び去り裸の火球

エトピリカ

錫いろの大魚《おおな》逸《はや》れるちから見え地下水槽にやすむことなし

流れ藻のちぎれの姿《なり》に生《あ》れにける海馬のたぐい四肢しどけなく

熱帯魚ひとつ怯えに向き変わる同じき縞のサイケデリック

水中の礁くぐりゆく海雀《エトピリカ》蒼きつばさをかたむけにつつ

飛魚の胸鰭《むなひれ》硬く光るとも貪欲《どんよく》の波去るを許さず

磁気

眼圧の高きに決壊する刎れ妻の点眼時刻守《も》りなす

右の眼に映るものなき今朝の妻ジャックの豆の雲の蔓執《と》れ

肉親を殺むるニュース日々に殖ゆ狂気を誘《おび》く磁気いずこにか

脚ひとつ活かすに寧日なきものを瞬時に若き人生潰《つい》ゆ

オペ免かれ妻退院の夕つ方杖に開扉の音の軽かり

祖国の緑

少年は二十歳《はたち》一期《いちご》と知れれども二十歳はるけく花火炸裂

グラマンの波状攻撃空にあり都市の幼き者さえ狙う

警防団班長黒き襟章に家族のひとり厳《いかめ》しくおり

暁《あけ》の空輪《わ》となり互いに追尾なす黄の複葉機ときめきて見し

空高き偏西風を恃《たの》みたる爆弾の和紙少女ら貼りつ

防火用水槽に映す顔のなか鬼孑孑《ぼうふら》がしきり角出す

神風を吹かせたまいし宸筆《しんぴつ》の掲額切手目打《めうち》なかりき

特攻機飛びたちてすぐ見納めの指宿《いぶすき》の山祖国の緑

セント・エルモの火

億年を旋《めぐ》りつづけし球体の軸また今朝の太陽迎ふ

球体の裏側を航《ゆ》く帆船はセント・エルモの火を掲げたり

傘

夜目遠目傘の内なる人を見む遠ざかりゆく迅《はや》き後姿《うしろで》

一瞬に収まる機能もつ傘に身構う雨のなだれ込むがに

傘つねに妻の領域杖を突き雨にことさら泥《なず》む足元

大空を隙《ひま》なく占めし落下傘その間礫《つぶて》と墜《お》ちゆく一つ

核の傘内なる国を慈《いつく》しみ守りくるる国ありと思うな

小工事

エア・コンの作動《さどう》鈍れる築十五年ころあい今と壁紙も替う

手際よく壁紙剝がす渦の外寝間籠《ねまごも》りつつ昼餉どき待つ

ミニ・パトの非情に遂《お》われあえなくも工事ふたたび滞《とどこお》りたり

雨催い運べる颪と見上げつつ高枝《たかえだ》鋏妻は伸ばしぬ

「夕暮」の短冊ますぐに掛け吊ると穴あきコインを紐に垂らせる

調理器具求めし妻のときめきにわが残生も身を起こすべし

雨雫ふくらみ落つる光《かげ》も見ゆ薄墨色の網戸歓めれば

ガレージへ降《くだ》る手摺りをつけくるる工事延びたり梅雨明けいまだ

枝垂るる影

花大根朝の雫に涙ぐむ塀裾にまず射す日差しあれ

葉桜の枝垂《しだ》るる影に今年また妻と包《くる》まれい行く涼しさ

落雷

黒弥撒《くろみさ》の外套頭《ず》より被《かぶ》さるる有無を言わさぬ闇素速くも

絶え間なく稲光なし窓枠を震わす響き内耳《ないじ》を走る

じぐざぐにいらだち募《つの》らす雷獣か閃光一瞬地を貫きぬ

太柱《ふとばしら》裂く稲光窓近く迫れば導体《どうたい》の肩を寄せあう

石臼を転がす音の混じりつつ引き際潔《いさぎよ》き雷となる

停電灯の光はやくも薄れたる廊明るますなおも稲妻

近隣の誼《よし》みにランプ提げ来たる人の助けに通電叶う

日常のリズム戻れば折節に垣根のほとり甘え鳴く犬

薬袋紙延《の》して　一首を留めたり歌詠めざれば折紙なすも

文庫本薄きを杖の柄に挟みベッドに運ぶ灯の乏しきに

いかのぼり

赤芽樫あめの朝《あした》の一葉の戦ぎが零す朱《あけ》曳く滴《しずく》

蔦の葉の伸びのおどろを刈りこむと蔓引く音す鋏の音す

水上バス立ち寄るのみに飲みものを販《ひさ》ぐ店跡葎《むぐら》はびこる

白き濠の親子の鴨をおどろかせ少女武芸者武具担ぎゆく

凧《いかのぼり》　大気を踏まえ近づけり展望レストランの窓際

乱気流

寄り添える生前戒名やさしめど彫りゆるぎなしここ東禅寺

膝近く頭《ず》をさげしかば起《た》ち易《やす》しなお充実の脳と思わむ

ビルの間にひそむ山脈見たるのち制動ゆるむわが車椅子

交流を直流に変う送電の狭間《はざま》に釜飯売る駅ありつ

客ひとり否も諾《う》もなき乱気流ＹＳ11機われ搭乗記

銃身

鎌倉に谷多かれどあえなくも討たれし扇谷《おおぎがやつ》の名遺《のこ》る

駅裏の路地沿いに銃砲店ありき薄き玻璃戸《はりど》に銃身並ぶ

飛び込み台下の水面　漣《さざなみ》をたてて水底見えずなすとぞ

台北《タイペイ》に文通なせる人ありき病まずば行きて歌語らむに

雨垂れを点滴という寂寞《じゃくまく》の荷風好みの語も亡びたり

太鼓

夾竹桃あふれ咲きたる垣根沿ひ角に吹きくる風襷《たすき》掛《が》け

かろがろと挙《こぞ》り昇れるシャボン玉気流の歪みある空の底

吾亦紅秋の弾みの四分音符絡みあいつつゆらゆらゆうら

夕焼の落とし児の柚子つめたかり掌《て》に包みつつ捥ぎ取りしかば

孵《かえ》りたる緋目高の仔は糸屑に及ばぬ身もて前にし泳ぐ

篁《たかむら》に隣る縁日屑《くず》金魚追えば黒き目よく動くなり

巨いなる幹を刳《く》り貫《ぬ》き一頭分牛皮張りし太鼓打たばや

祭礼の太鼓に逸《はや》る由なけれ響《とよ》み波打つ雨やみぬらし

天気図

もどかしき体温計のさえずりは背戸の小藪に聴きとむるべし

扱いに妻の馴《な》れゆく血圧計聴診器掌《て》に温《あたた》めにつつ

声高に母よと何か窘《たしな》める応答聞こゆ母はわが妻

低気圧掻き分け昇るわが声は階上の子をまた案じさす

カーリングのストーン箒で掃き出さむなお天気図に台風居据わる

打ち身とや鬱血《うっけつ》の痕いつしかに狭《せば》め攻めゆく力ありつる

頭《ず》を打たぬ僥倖せめて言い交わし新涼の夜を眠らな妻と

人の心金で買えると広言の男潰《つい》えつ髪逆立てに

流星雨

太陽系弾《はじ》き出されし惑星とならずや晩年を託せる地球

思わざり九惑星の数と向き定まらぬとは少年の日に

台風を野分と言いて和《なご》ましむ野辺の薄《すすき》穂靡かすほどに

流星雨《う》仰ぐと妻と立ちし土手草露薙《な》ぎてゆく光《かげ》の先

多摩川に布を晒せる清流のありし証《あかし》の地名いくつか

わが飲食《おんじき》

外壁のタイルを洗う音繁《しげ》く幾条《すじ》か寒の水光る見ゆ

殻付きの落花生とや指先に渋皮器用に剝《む》きて自賛す

頬刺《ほおざし》の無念を頭より噛みしめつわが骨密度となり瞑すべし

冬とみに味の濃くなる葉菜《ようさい》類キャベツも然《さ》なりステーキが添う

大根の息づく白を提げ来たる時間足りねばたぶん風呂吹き

切干し大根凍《し》み蒟蒻《こんにゃく》の日の恵み前歯大事にながく嚙み締む

寒雀旧知さながら庭に来つ声聴きたけれ玻璃戸《はりど》ひらけず

地球の影

タタールの寒波一太刀受けとめて列島やおら師走に入りぬ

早駕籠《はやかご》の到るならねど歳の暮れ篝火草の鉢絶やすまじ

論争の資料出でたる大掃除しばし昂《たかぶ》る意志なにがしか

蔡倫《さいりん》の恩恵に我らが文化あり歳末は紙反古多く騒立つ

行政にしては上出来資源塵芥《ごみ》そのことばゆえ励み纏めつ

雨降らぬ大晦日《おおつごもり》を幸いに紙うずたかく子は出しくるる

巷には音の寄せ植え救急車パトカー単車次から次へ

パトカーの駆り立てゆける音頻《しき》り空には地球の影抱《いだ》く月

冬の坂

歌一首招《よ》ばれし博文館日記届きぬ一年恙なかれと

駅伝を観る娯しみの三が日ある歳晩の午後の寧《やす》けし

点袋《ぽち》好みの意匠ありつれどお年玉遣る孫われになく

福笹に付くビニールの宝船幼き者はまず手に触るる

貧相の総理に適《そぐ》う髭やある　鬚《あごひげ》　髯《ほほひげ》　福笑いめく

木木の葉に便り記しし名残とや葉書ひと片《ひら》おろそかならず

学友の誼《よし》みに交わしきし賀状その女手もいつしか途絶ゆ

鞭ひとつ当つるがにエンジンふかしつつ冬の終バス坂登りゆく

木付子

花鎮《しず》め心鎮めの雨降れり棕櫚竹の葉に雫《しずく》太らせ

庭隅の落ち葉隠《がく》りに破れ傘葉先の解《ほっ》れままよと開く

ことしまた沈丁の香に触れしとも介護受けつつ行く校舎裏

黄の花穂を垂れて音なく振りやまぬ木付子《きぶし》といえど空間を占む

もみじせぬ楓の蔭に幾年か憩いつと瑞《みず》の角《つの》ぐみ仰ぐ

石蕗《つわぶき》の花の睫毛に見送らる雨の別れのあるべくなけれ

土踏まずその湾曲をたいせつに圧さえしほどに夢歩行良し

塔

尖塔を束ね建てたるガウディの寺院見上げるのみに眩《くるめ》く

ひめゆりの塔立つ壕の壁粗《あら》く少女ら伸べし手偲ぶよしなし

台風の力あしらう工法の初めと谷中《やなか》五重塔建つ

鉄塔に擬《なぞら》えたまう遺詠あり先師の肩に翼畳まむ

塔頭《たっちゅう》は唯にゆかしく濡れ落ち葉あまた貼りつく石段《いしきだ》つづく

帰宅ルート

揉まれつつ紙片とびゆくかなたにて軽飛行場春となりゆく

花芽噴く熱《ほて》り纏える枝を延べ桜並木は青空ひらく

祭場の枝垂桜の枝細りわずかな風に露零《こぼ》しおり

カーナビに帰宅ルートの消去されこの道はどこ闇の重たく

目的地周辺なりと声あればいよよ惑えり見知らぬ辻に

心の絆

杖に行く足を泥《なず》ます桜の実種子《たね》の固きも今朝は掃かれつ

くぐみ啼く雉鳩高きに聞こえつつ足元浸《ひた》す雀らの声

差し金の蝶鼻先に舞はすべし日脚の伸びに転《うた》た寝の犬

思い籠めわが一首評寄せくれいし「氷原」届く心の絆

ヘリコプター如雨露《じょうろ》さながら音を撒き山吹散らし飛び去りにけり

朔の日

花水木白のそよぎに瞬《しばだた》く朝の眼《まなこ》のひんやり朧ろ

民間の駐車監視の居丈高かの日の警防団員に似る

貝柱ただ開閉の筋肉を海に養い歯に解《ほぐ》し賞《め》ず

串干しの柳葉魚《ししゃも》を頭《ず》より貪《むさぼ》りぬ転びてもよき骨つくらむと

朔の日に必ず響く遠太鼓午後の日差しにあやまたず打つ

手話

向きあえる高枝揺らぐひとしきり青葉打ち振り手話交わす風

下肢の端《はし》脱ぎ得で羽化をしくじりし昆虫の死に幸不幸ありや

ギャラリーとう金魚の尾鰭《おびれ》引きつれし少年ゴルファー影のみ著《しる》し

トラボルタ、ニュートン・ジョンの名思い出しゲーム互《かた》みに睡気招かむ

尾をば曳き遠ざかりゆく雷《いかずち》を聴きつつ眠らな脚たゆけれど

歯齦炎

好物の稲庭うどんその腰の強さが障る今日の歯の腫れ

治療台起こさるるとき初夏《はつなつ》の屋根瓦より雀飛び発つ

歯科医師は紋切型の口上に詫ぶるも痛みは待つより易し

水色と白愛らしきカプセルに恃《たの》みつつ耐う歯齦炎二日

片麻痺の身につれなくも歯周病おきしが労《いたわ》りくるる妻あり

日野の名刹

幼児《おさなご》の眠る標識「静かに」と中央高速なめらかに過ぐ

高速路降りる際《さ》に咲く白木槿《むくげ》一年《ひととせ》経つれ丈《たけ》変わらざり

佳き一首あるを励みに長階段手摺《てすり》手力《たぢから》恃《たの》みて登る

急階段先の奈落をふと怯《お》じぬ若き坊様背後《はいご》に在《ま》すも

白南風《しらはえ》の渡る境内「氷原」の人人嘉《よみ》し見送りくれつ

昆陽の墓

雨含む落ち葉掃かむと見るのみに夏の懈怠の身に添うしばし

緑濃き釣池の水匂いつつ浮き藻片寄せ風渡るなり

いちょう並木瘤より萌えし芽の戦《そよ》ぎ露けく光る潜《くぐ》りゆかまし

目黒不動裏の山辺に落ち葉積みぬくとくありつ昆陽の墓

甘藷先生昆陽の墓さびさびと櫟《くぬぎ》落ち葉を裾に敷きます

点

点ほどの蜘蛛の仔走る部屋の隅まろばして午後の気疎《けうと》さにいる

飛行機雲伸びゆく先の一点にアイマスクかけ眠る人人

妻に呼ばれほい合点と起きあがる弾み危《あや》うく宙に浮く脚

安定よき三点杖を用いぬは握りに小物運び得ぬため

一点鐘鳴るころ合を妻おらぬ今日は蜜柑を時かけ剝きぬ

めまい

外階段手摺《てすり》たよりに昇り降り叶いし今日の前向きリハビリ

手力《たぢから》に余裕あるとも太るまじ納豆などに蛋白を摂《と》る

天井付けの丸き電灯見るなかれ四隅の稜に視野固定せよ

起き上る前に左右に頭《ず》を振りぬ眩暈《めまい》をしのぐ手だて体得

介助入浴サービス・スタッフ手際よしあまたの患者宥《なだ》めきし末

篝火草

篝火草門扉《もんぴ》に近く咲かせたり幸便《こうびん》の伝馬来るあてなけれ

まこと空気の充ちおる恵《めぐ》みかそかなれど壁に触れたるわれの肘音

軋ませて指に米研《と》ぐ音よけれ無洗米なる流行《はやり》もすたる

なじむまでわが生あると迷いなく糠漬セット妻は購い来つ

生理的意志の一つを外すとう手術《オペ》ののちの身こころ締めゆけ

夜の時雨《しぐれ》突風まじえ樹々打てり悪しき夢より引き揚げるがに

夜の驟雨《しゅうう》くるみしゆえに発たざりきわが遁走の最終電車

マグマ溜り背《せな》に迫れる腰痛のしじに凝《こご》りてゆく冬の夜半

海の夜明け

源氏の陣ありし由来の旗の台病棟そびゆるなかに臥しおり

水晶宮ならで迫れる門構え身を委ねたり音波の輪切り

ＣＴの撮影台に横たわり息する勿れとの指示はたやすき

雨だれはうつらうつらと荷風の世誰しも寝てはならじ点滴

術前の下剤二リットル呑みつぐに溺るるばかり最後は噎ぶ

鋼鉄の芯をおもたく灼きながらやさしきことば出でざりきまだ

「がんばれ」と声かけるため欠勤の子とある齢《よわい》せめて幸あれ

麻酔医の長き睫毛のしばたきに吸われたるのち宙をさ迷う

湖《うみ》の底いちめんいつか見たる黄の触手のさまに泡立草揺れ

わが体力この湖にとどまれば灯火《ともしび》ひとつ過去世へ流るる

口中むず痒くして幻覚のクリップ跳ねる列の乱調

眠りより覚めざらましな赤芽樫《がし》葉の先々になお露宿《つゆやど》す

十時間かかると聴きし手術なれ麻酔の海の夜明け早かり

一もとの稲

掌《てのひら》になじみこよなき杖なれど病室の隅に影伸ばすのみ

左脚たゆけれわが身の置きどころ健常の右逸《はや》るでないぞ

右は一歩されど重心移されず車椅子移動はやも難儀す

看護師の靴底の鳴り窓外の湿度いつしか濃くなりていむ

鎌鼬《かまいたち》ひそみ覗ける切り岸を夢にし残し覚む風の夜半

星の砂はマイクロ骸《むくろ》おおいなる掌に載る吾の生きまた軽し

湿原にか細く生《お》いし一もとの稲の原種に人類遇《あ》いぬ

退院の日

急湍となりて逸《はや》れる花の川過《よ》ぎるさ揺るる退院の路

滾《たぎ》つ川棹さしゆくに花熅《いき》れ人の熱《いき》れにおのず身傾《かし》ぐ

花旋風《つむじ》空に捲きあげ先導の妻につくわが介護ワゴン車

桜の根暗渠《あんきょ》を踏まえ連なれる道とはなりてわが家近づく

安静を貪れるまに煙《けむ》と消ゆ重力離《か》れし四肢の筋力

窓際の赤芽柏の挙《こぞ》り燃ゆ親しき樹々に励まされつも

わが家の香のララバイに包《くる》まるる熟寝《うまい》はすでに夕べ覚えず

影絵

とろみつけ汁物食めと処方さるすでにお茶漬無縁の食事

昔ながらの粒葡萄あれ剝《む》きくるる妻の手間なく口に滑らす

車椅子乗るさに踏まう左脚かすかに疼く力の入れ処《ど》

右《みぎ》左交互に片足立ちせしむK先生のお髪《ぐし》半白

右のみの五指の動きよ寝室の壁に狐の影を遊ばす

プロの業

白梅《しらうめ》の秀枝《ほつ》を芯に寄せ活《い》けるなかの花々牡丹静けし

絨毯にはららぐ花弁けざやかに美剣士の鉢巻落ちしとぞ見ゆ

白梅の一枝《いっし》が零《こぼ》す香《か》の流れその裾に触れむと車椅子寄す

「氷原」の会計監査プロの業《わざ》教示を受けし池上氏逝く

大銀行の重役たりし人なれど館内を身障のわれ支えくれたり

許されし風

風知草撫でゆく気流移りゆきはやも朝の陽雲にくるまる

朝風に枝離れたる虫を追う鳥影しばし高さ保てり

花水木風に揉まるる太枝に溢るる白の雪崩《なだれ》やまざる

空近み地軸の傾《かし》ぎそわす身に杳《はる》かな日々に許されし風

空は木の梢をば揉み暮れかかる移りてはかな人の思いも

点　呼

引かれたる幕一張《はり》の重さよりなお晩年の脚撥《は》ねゆかな

人逝くと流るる時の間を昏《くら》む身罷りがたし親しむあれば

傍らの寝息の波にゆたに添い眠剤なしの睡《ねむ》り一《ひと》夜さ

おりふしの痒み無視して眠らなむ馴れと諦めなお意志にあり

脚絆解《と》き点呼受けける中学生どっと睡魔にのしかかられぬ

暁《あけ》近く切りて棄てたき麻痺側の下肢との宥和かつがつ成りつ

うつらうつら焦点合わずおる顔の何と母似と妻の呟《つぶや》く

今しばし生きませとてか日に一度あな冷たしと手を把《と》りくるる

階段の手摺頼りに背筋伸《の》す直き身の丈とくと見せばや

片手あげ読む書物あれ挿絵なく活字大きめ光らぬ紙質

夜半目覚め妻の寝嵩《ねがさ》の静けきを気配に認む騒がす勿れ

耳

風邪粥《かぜがゆ》に等しとて子が求め来つ耳剝《そ》ぎおとしし食パン半斤

掌《てのひら》に頭《ず》を載せ風呂に幼子と入りしわが二指耳孔《じこう》を護る

綱引き

角ごとの葉牡丹いまだ鮮らけし人日を過ぎ再入院の朝

琴・三味線教える看板遠見にす再入院に赴く車内

円融寺山門浮かぶ星の夜を渓流に沿うと運ばれゆきぬ

薄味の蕗の形状舌にあり幾筋かの管に繋がれし身の

ナースコールに現場に伺うとの応答《いらえ》うずき即ち火急の現場

眠剤と疼《うず》きの綱引き一夜さを眠り勝つべしオーエスオーエス

生き死にの定まらぬ身をあずけたる病院に所蔵の絵画届けむ

花ひらきゆく季

胸までの雪に溺るる体験の夢見あらなく麻痺の身を生く

漲《みなぎ》りてことしの緑噴く樹々のもとなる吾か芽吹くものなく

樹々こぞり花ひらきゆく季《とき》としも一人はわれと視ることなけむ

竹垣に蝸牛《まいまい》迹を輝かせ失せたるほどの生《いき》われにあれ

あとがきにかえて

三月三十一日の夜、毎日二度通っている病院より戻り一時間ほど経ったときであったか、石本の病状が急変したので、すぐに来るようにとの看護師からの連絡を受け、再度駆けつけたのが、夫石本との最期となった。

抗癌剤投与のための入退院を繰り返す日々に体力は衰えてきていたが、意識ははっきりしており、二人の会話をいつも交すことができていたので、もう二、三ヶ月はがんばってくれるものと信じていただけに、喪失感はどうしようもなかった。

けれども、この集の歌稿を整え終えたとき短歌研究社に、石本が入院中であることを告げ自宅までお運びくださるよう願ったところ、二十九日に堀山様がお見えくださり、ただただ感激をし、その日、石本とともに喜びあうことができていたのが何よりの慰めであった。

加えて、私どもの家から戻るやすぐに、印刷所に入稿してくださった旨のお便りを受け、その中に歌集名として集の章題より四つお選びくださっており、その他種種のご配慮とともに、ご厚意身に沁みありがたかった。

さくらの花の咲きあふれていたときに石本は逝ったので、一ヶ月を過ぎ、集題を決める際に四つ目の「花ひらきゆく季」を選んだ。

本集は、平成十九年二月刊行の『赦免の渚』に次ぐ石本の第十三歌集となる。

思えば、学生の頃より或る意味、短歌一筋に生きてきた人ではないかと思うが、その長い道のりをご交誼を賜ってきた方々に、ここに深く深く御礼を申し上げる。

最後に拙い私にお力を添えてくださり、出版へとお導きくださった短歌研究社の堀山和子様、ならびに社中のスタッフの皆様に、心よりの感謝を捧げます。

平成二十二年五月　葉桜の季に

石本晴代

検印
省略

平成二十二年十月六日　印刷発行

歌集　花《はな》ひらきゆく季《とき》

定価　本体　三〇〇〇円
（税別）

著　者　石《いし》本《もと》隆《りゅう》一《いち》

発行者　堀山和子

発行所　短歌研究社

郵便番号一一二‐〇〇一三
東京都文京区音羽一‐一七‐一四　音羽YKビル
電話〇三（三九四四）四八二二・四八三三
振替〇〇一九〇‐九‐二四三七五番

印刷者　豊国印刷
製本者　牧製本

落丁本・乱丁本はお取替えいたします。

ISBN 978-4-86272-206-5 C0092 ¥3000E